# 獻給泰爾，送上額外的亮粉

文・圖／艾倫・布雷比 Aaron Blabey
翻譯／謝靜雯
主編／胡琇雅 美術編輯／蘇怡方
董事長／趙政岷 第五編輯部總監／梁芳春
出版者／時報文化出版企業股份有限公司
108019台北市和平西路三段240號七樓
發行專線／（02）2306-6842
讀者服務專線／0800-231-705、（02）2304-7103
讀者服務傳真／（02）2304-6858
郵撥／1934-4724時報文化出版公司
信箱／10899臺北華江橋郵局第99信箱
統一編號／01405937

copyright © 2019 by China Times Publishing Company
時報悅讀網／www.readingtimes.com.tw
法律顧問／理律法律事務所 陳長文律師、李念祖律師

Printed in Taiwan
初版一刷／2019年05月10日
初版四刷／2024年05月28日

# 好想變成獨角獸

文·圖 / 艾倫·布雷比 Aaron Blabey　譯者 / 謝靜雯

喜兒馬有點傷心。
其實她心灰意冷。
事情是這樣的，喜兒馬一直
好想、好想當獨角獸。

她最好的朋友叫歐提斯。
歐提斯很喜歡喜兒馬。
歐提斯說：「妳這樣就很完美了。」

可是ㄎㄜˇ是ㄕˋ喜ㄒㄧˇ兒ㄦˊ馬ㄇㄚˇ說ㄕㄨㄛ：
「才ㄘㄞˊ怪ㄍㄨㄞˋ。」

就在這個時候，喜兒馬看到了——
地上有根胡蘿蔔。
她靈光一閃，
發出又高又尖的嘶鳴，興奮得跳來跳去。

喜兒馬把那根不起眼的胡蘿蔔拿起來，綁在自己的鼻子上，說：「這樣我就是獨角獸啦！搞不好這樣會成功……誰也說不準。」

唔，就在她這麼做的時候，
一輛卡車開了過去。
卡車司機揉揉眼睛。
「老天！那是獨角獸嗎？」
他無比驚訝的尖著嗓子大叫。

喜兒馬看著卡車猛力轉向，
差點一把撞上她。
你相信嗎？那輛卡車正好載滿了
漂亮的粉紅油漆和亮片。

哇，喜兒馬的樣子好搶眼！她確確實實成了獨角獸。

「現在我很特別了！」

喜兒馬大聲嚷嚷。

於是一位明星就這樣
誕生了……

世界各地都有喜兒馬的粉絲，
他們一看到喜兒馬就會歡呼她的名字。

喜ㄒㄧ兒ㄦ馬ㄇㄚ愛ㄞ極ㄐㄧ了ㄌㄜ成ㄔㄥ名ㄇㄧㄥ的ㄉㄜ滋ㄗ味ㄨㄟ！點ㄉㄧㄢ點ㄉㄧㄢ滴ㄉㄧ滴ㄉㄧ都ㄉㄡ愛ㄞ！

名ㄇㄧㄥ氣ㄑㄧ！

名ㄇㄧㄥ氣ㄑㄧ！

名ㄇㄧㄥ氣ㄑㄧ！

喜兒馬成了超級巨星！
她的夢想全都實現了。

精靈公主號

可ㄎㄜˇ是ㄕˋ不ㄅㄨˋ久ㄐㄧㄡˇ，她ㄊㄚ就ㄐㄧㄡˋ發ㄈㄚ現ㄒㄧㄢˋ名ㄇㄧㄥˊ氣ㄑㄧˋ太ㄊㄞˋ大ㄉㄚˋ也ㄧㄝˇ很ㄏㄣˇ讓ㄖㄤˋ人ㄖㄣˊ困ㄎㄨㄣˋ擾ㄖㄠˇ……

是這樣的，喜兒馬的粉絲為她瘋狂。
他們會尖叫、哭泣、狂笑。
不管她到哪裡開見面會，
他們都緊追著她不放。

事實上，他們整天追著她跑。

永遠沒有

停止的時候。

他<sub></sub>們<sub></sub>在<sub></sub>她<sub></sub>運<sub></sub>動<sub></sub>的<sub></sub>時<sub></sub>候<sub></sub>，
追<sub></sub>著<sub></sub>她<sub></sub>跑<sub></sub>。

他<sub></sub>們<sub></sub>在<sub></sub>她<sub></sub>買<sub></sub>東<sub></sub>西<sub></sub>的<sub></sub>時<sub></sub>候<sub></sub>，
追<sub></sub>著<sub></sub>她<sub></sub>跑<sub></sub>。

「請不要再追著我跑了。」
她向尖叫不斷的群眾發出請求。
「我們高興追著妳跑，就追著妳
跑，」他們說：「我們是粉絲，
本來就可以這樣！」

有些人根本不是她的粉絲。
不，應該說，有人真的很不客氣。

而且有些人隨隨便便就做出她
所見過最壞心的事。

所以有天深夜，這隻名氣響叮噹的小馬覺得好傷心。

她說：「我本來以為我會覺得很棒……

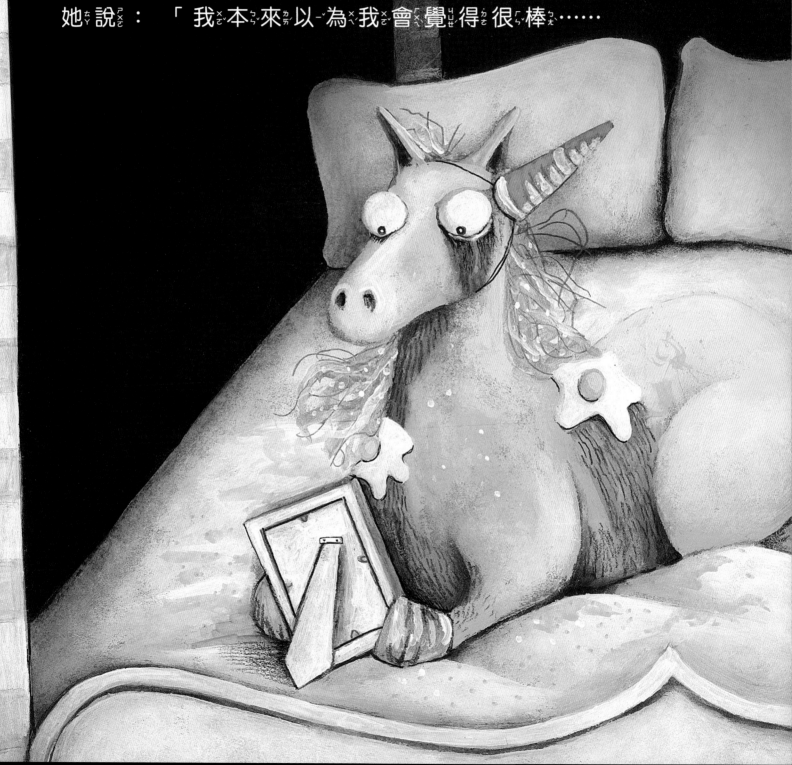

可是「我只覺得好孤單。」

說ㄕㄨㄛ完ㄨㄢ這ㄓㄜ些ㄒㄧㄝ話ㄏㄨㄚ之ㄓ後ㄏㄡ，
這ㄓㄜ隻ㄓ寂ㄐㄧ寞ㄇㄛ的ㄉㄜ獨ㄉㄨ角ㄐㄧㄠ獸ㄕㄡ
改ㄍㄞ變ㄅㄧㄢ了ㄌㄜ心ㄒㄧㄣ意ㄧ。

她ㄊㄚ清ㄑㄧㄥ掉ㄉㄧㄠ身ㄕㄣ上ㄕㄤ所ㄙㄨㄛ有ㄧㄡ的ㄉㄜ亮ㄌㄧㄤ片ㄆㄧㄢ，

丟ㄉㄧㄡ掉ㄉㄧㄠ神ㄕㄣ奇ㄑㄧ的ㄉㄜ獸ㄕㄡ角ㄐㄧㄠ。

然後直接路過群眾的面前，
他們根本沒注意到。

她想著，如果這樣該會有多麼
美好……

也就是，
見到她可愛的歐提斯。

歐提斯在兩人最愛的樹下
向喜兒馬問起那趟旅程時，
喜兒馬只是說：「喔，還
滿好玩的啦……

……可是我寧願做我自己。」